AFRICA ORRENDA

I PARALIPOMENI DEL LUCIFERO

MARIO RAPISARDI

Giù dai ghermiti scanni,

Razza maligna, inetta,

Che fra venali inganni

Pompeggiandoti abjetta,

Raccogli infami frutti

Dal disonor di tutti!

Ah! non bastò di questa

Patria incestare il seno?

La veneranda testa

Premer di giogo osceno?

Offrir nudo il materno

Fianco al barbaro scherno?

Ond'ella, a regnar nata,

Con tremulo ginocchio

Segue, putta spregiata,

Il tenebroso cocchio,

Su cui breve fortuna

Due manigoldi aduna.

Misera, e invan tu speri

Con civettar codardo

Da regj masnadieri

Impetrar tozzo o sguardo:

Ahi! con viltà e misfatti

Onta e miseria accatti,

E stragi. Oh desolati

Campi! Oh cori d'eroi

Nell'alta ombra gittati

Non da voi, non da voi,

Avide di rapine

Ferrigne orde abissine,

Anzi da te, nefando

Vecchio, che sol per cieca

Libidin di comando

L'italo onor con bieca

Mente fidando ai ladri.

Le fiche a Italia squadri.

Qual dall'immane insulto

Pregio o vendetta? Arcigna

Guata Albione; occulto

L'ire fomenta e ghigna

Il dèmone sinistro,

Che la Sprea move e l'Istro.

Dal vigilato covo

L'orgoglio ibrido freme,

E al cor d'Italia novo

Tesoro e sangue spreme:

D'orbe fidanze gravi

Salpan ferrate navi.

Brillan su la guernita

Tolda gl'itali figli,

Cui tarda espor la vita

Ai perfidi perigli,

Che coi predoni a gara

La terra e il ciel prepara.

Volate, o generosi

Figli, all'infausto lido;

Turbate i sanguinosi

Ozj allo stuolo infido,

Che su la strage inulta

Ebbro di sangue esulta.

Vincete. Oh scarsa, incerta

Vittoria! Ecco, dal grembo

Della sabbia deserta

Strano improvviso nembo

Sorge, e in ferina guerra

Il vessil nostro atterra.

Voi là nel baluardo

Ultimo accolti, invano

Con ansioso sguardo

Tentate il mar lontano,

Se a voi pochi e mal vivi

Patrio soccorso arrivi.

Ma per l'immensa arsura

Delle voraci arene

Solo la Febbre, oscura

Liberatrice, viene;

E in voi dall'ignea bocca

Funesti aliti scocca.

Ahi, nè certezza o speme

D'onore o d'util nostro

Lenirà l'ore estreme

Del sagrificio vostro,

Non le cure affannose

Delle imprecanti spose.

Ben presso al limitare

Della fredda quíete,

Sorger fra cielo e mare

Un'alta Ombra vedrete,

Squallida il seno, indoma

Ancor che oppressa, Roma:

E non per questo, o amati

Petti, pietosa grida,

Reggendo a infaticati

Studj con alma fida,

Il braccio armaste e il core Di ferro e di valore!

Ardea nelle capaci

Menti un'altera idea:

Piombar serrati, audaci

Su la grifagna rea,

Che l'ultima latina

Terra aduggiando inquina.

Oh per le Giulie vette

Pugne! Oh piani fumanti

Delle nostre vendette!

Oh entusiasmi santi

Di dar la vita a patto

Del fraterno riscatto!

Popol, cui spada e mente

Da servitù redime,

Non peregrina gente

Mercanteggiando opprime;

Ma libertà, per cui

Vive, fa vita altrui.

Cada chi primo in petto

L'obliqua smania accolse,

Onde al natio ricetto

I vostri animi tolse,

E li scagliò in lontane

Piagge a conquiste vane!

Lui non amor di fama,

Non furor d'alte imprese,

Ma insidiosa brama

Di rei traffichi accese;

Nè l'empia sete or langue

Per mareggiar di sangue.

Ma se ancor nei gentili

Petti la patria spira,

Se da computi vili

Non è sedotta l'ira,

Che in un'ora d'ebbrezza

Catene e scettri spezza;

Se non per gioco ho cinta

La mia terza corona,

Se la mia gloria estinta

Non è tutta, nè suona

Obbrobrio il nome mio;

Se Roma ancor son io,

Troppo alle tue volpine

Arti, o fatal, durai;

Sopra le mie rovine

Assai ghignasti, assai

Fu il danno e la vergogna:

Carnefice, alla gogna!

(Genn. '87).

ESPIAZIONE

I.

Chi è, disser, costui, che solitario, altero

Sul nostro capo il verso empio saetta,

E su la gloriosa luce del nostro impero

L'ombra sua getta?

Chi è costui, che i tetri sogni sferrando a volo,

Come falchi addestrati in noi li avventa;

E di amor, di giustizia all'affamato stuolo

Parlar si attenta?

Torbido evocatore di pazze ombre, l'abisso

O non vede o non cura a cui cammina:

Con l'occhio, acre di febbre, all'orizzonte fisso,

Ecco, ei ruina!

E noi frattanto in aurea rete impigliamo il biondo

Amore e l'affoghiamo entro al bicchiere;

Noi ci tiriamo dietro inguinzagliato il mondo

Come un levriere.

Che importa, se al nostro uscio Lazzaro derelitto

Frignando invidj a' nostri cani il pranzo?

Avrà, quand'ei non sia ad alcun Fascio ascritto,

Pur qualche avanzo.

Che ci fa, se a quest'ora al suon della mitraglia

Nel ribelle Tigrè riddi la morte?

Terran le nostre schiere, in qual che sia battaglia,

Fronte alla sorte!

Pugnate, eroici petti, cadete; ad una voce

Noi gridiam «Viva!» e alziam colmo il bicchiere;

Le vostre salme avranno la medaglia e la croce

Di cavaliere.

L'onor della bandiera val bene una tal guerra;

Chiedon vendetta i nostri morti; e poi

L'ufficio glorioso d'incivilir la terra

L'abbiamo noi!

Gli Abissini, si sa, son predoni, selvaggi,

E con loro bisogna esser maneschi;

Trucidar donne, vecchi, fanciulli; arder villaggi...

Viva Radetzki!

In ogni caso, giova a noi, spiriti fini,

Mandar la calda giovinaglia a spasso:

La guerra a chi la plètora ha d'odj cittadini

È un buon salasso.

Urla, profeta nero, i tuoi strambotti audaci

All'egre ciurme ch'aízzando vai:

Noi delibiamo intanto con labbra arse da' baci

Reno e Tokai!

II.

Non ei però si arresta. La pensierosa faccia

Torce da lor, qual da bruttura, altrove,

Mormorando con voce ch'è fede, e par minaccia:

Eppur si muove!

Diritto, nella tragica sera che preme il mondo,

Strali e sogni vibrando all'età rea,

Passa incontaminato tra 'l bulicame immondo,

Non uomo, Idea.

Volano a lui dintorno dagli spazj stellati

Corruscanti fantasmi, ignee chimere,

Fronti di lauro cinte, petti di palma ornati,

Falangi austere.

Ah! non hai tu, regina, cui Dante un trono eresse

Sovra i popoli tutti, a Dio vicino,

Tu, nel cui core eterno di tutto il mondo lesse

Vico il destino;

Tu, santa, cui Mazzini invocava in ginocchio

Nel freddo esilio; tu ch'a' più begli anni

Schiacciavi, del Nizzardo sotto al fulmineo cocchio,

Sette tiranni;

Non hai tu, donna, or ora a turpi sgherri in braccio

Inebbriati di poter maligno,

A chi diceati: «Pensa!» gittato in volto il ghiaccio

Del tuo sogghigno?

Non hai tu, che d'oltraggio le pure anime cibi,

Negato il pane al Giusto, il culto al Vero,

Per onorar l'Inganno, per ingrassar gli Scribi

Del vitupero?

Difeso col tuo nome, del tuo pallio coverto

Chi fa dell'are tue bisca e bordello?

Chi, più che penna o spada, è a maneggiare esperto

Il grimaldello?

Profuso oro a' bertoni d'Astrea fatta baldracca?

Procacciato a Bonturo onor divino?

Scolpito in marmi e in bronzi (oh Giusti!) la guarnacca

Di Truffaldino?

Non hai tu, barcheggiando su le calde fiumane

Del pianto, druda delle altrui vendette,

Scagliato ai derelitti, che ti chiedeano pane,

Piombo e manette?

Non hai, madre, sofferto ch'a' tuoi sacri captivi

Fosse un raggio di sole anco vietato?

Non hai tu su la fossa dei tuoi martiri vivi

Cancaneggiato?

Ed ecco, or nell'ecclissi del tuo giudizio, alata

Furia al tuo capo la Giustizia romba;

E l'Espiazione, vermiglia aquila irata,

Sopra a te piomba!

Oh fragor d'improvvisi sdegni e d'immani lutti,

Dal ciel, dal mar, dalle cruente arene!

Oh suon misterioso di palpitanti flutti:

Ecco, ella viene!

Sostano a' campi avari, alle officine, intorno,

L'opere in minacciosa alta quíete;

L'austero Etna nevoso, che si arrubina al giorno,

Viene, ripete.

Dalle reggie pollute, dai trafficati altari

Sorgono al casto cielo ululi immensi;

Mandano le severe Alpi a' bollenti mari

Fraterni assensi.

O monti, asceti assorti nello splendor del Nume,

O flutto uman cui la speranza investe,

O dei cieli e dei cuori interminabil lume,

Voi mentireste?

(Genn. '96).

DOPO LA SCONFITTA

I.

Finchè briaca alla caterva sozza,

Che nell'obbrobrio e nel dolor l'atterra,

Porge Italia le groppe, ella che mozza

Agli apostoli il grido e i polsi inferra;

Finchè il turpe delirio in lei non langue

Di rei conquisti e di vendette oscene,

E tributo alle nostre esauste vene

Osa chiedere ancor d'oro e di sangue;

Finchè la Frode, ire affilando e spade,

Di mercate lusinghe il vulgo impregna,

E all'Abissin, cui la capanna invade,

L'infamia nostra e il nostro eccidio insegna;

Finchè, tra un baccanal d'anime guerce,

La Sconfitta e la Resa in Campidoglio;

L'Onore in ceppi, il Vituperio in soglio,

Ludibrio il Dritto, la Giustizia merce;

Lungi da questo sciagurato suolo,

Lungi dall'età rea sorga il poeta:

Liriche strofe, liberate il volo

A ciel più puro, a regíon più lieta.

A che turbar dei bellicosi ladri

L'animo pio con misurati pianti?

O cari petti giovanili infranti,

È troppo che su voi piangan le madri!

II.

Ove andrem noi? Sangue e miseria intorno

E fango. Oh ferrea notte

D'Europa! Oh immani lotte

Di truffatori! E ancor lontano è il giorno.

Gitta la vaticana Idra la squama

Fra' mal guardati avelli,

E gl'incauti ribelli

Affascinando, il nostro esizio trama.

La jena di Stambùl, di terror folle,

Nel sanguinoso mare

Galleggia, ove affogare

Invan l'inglese mercator la volle.

Ecco, il deforme orso del Volga accampa

Sul provocato lido,

E con geloso strido

Porge alla rea l'insanguinata zampa.

Ma la francesca Libertà bastarda,

Che, le adipose cuoja

Date in custodia al boja,

Tutto vende ghignando e tutto infarda,

Indarno al Papa ed allo Czar gl'immondi

Quarti lambisce abjetta:

Giù nell'ampia belletta,

Ond'ora ingrassa, è forza pur che affondi.

Squassa il Leone castiglian la giuba,

E ruggendo si scaglia

Ove in armi travaglia

La invan contesa Libertà di Cuba.

All'auree vene del Trasvallo intanto

Calano in tetri giri

Gli europei vampiri,

Che di civile sapíenza han vanto.

O Civiltà, se messe altra non dài

Che di sì tristi allori;

Se agli aspettanti cori

Fuor che stragi e miseria offrir non sai;

O che le armene piagge, o che la vetta

Dell'Amba orrida innostri,

Co' tuoi bugiardi mostri,

Perfida Civiltà, sii maledetta!

III.

Oh agreste pace, candido

Regno dei buoni! Come fiamma viva

Agitata dal turbine,

Su l'età sfatta il gran Giudizio arriva.

E tu prima il benefico

Passo n'udrai, tu dal giaciglio fondo

Sorgerai prima, o triplice

Roma, cuore d'Italia, amor del mondo.

Ecco, ove un tempo il bufalo

Torvo sguazzava, e tra paduli morti

Serpean le Febbri, il florido

Lavoro avviva di Feronia gli orti.

Quanto vigor di giovani

Cori, asserviti all'Ignoranza e al Fasto,

La burbanzosa Ignavia

Gittava all'Ozio e alla Lussuria in pasto;

Quanto tesor di valide

Braccia, in miserie apriche, in odj bui,

Tingea con folli audacie

D'innocuo sangue il vituperio altrui;

Quanti all'altar cadeano

D'un bronzeo nume in sanguinose gare,

O di miseria indocili

Fuggían maledicendo il patrio mare,

Oggi a' nuraghi inospiti.

All'ardue Sile, alle insalubri chiane

Un salutar diffondono

Fiume di redentrici opere umane;

Che, propagate in fervidi

Commerci, ignari di gelosi insulti,

Fan che redento a' secoli

L'immenso core della Terra esulti.

Stendi l'oblio su l'umile

Mia fossa, o generosa itala prole;

Ma sul tuo capo indomito

L'alta speranza mia splenda col sole!

(Marzo '96).

I PARALIPOMENI DEL LUCIFERO

CANTO PRIMO

ARGOMENTO.

Felicità dell'universo dopo la vittoria di Lucifero. - Proposizione del poema ed apostrofe ai critici. - Si celebra in cielo il milennio della vittoria di Lucifero. - Belzebù matura nella selva il suo tradimento. - Descrizione della festa del millennio. - Lucifero invita il suo poeta a rallegrar la festa col canto. - Il Poeta.—Belzebù, a tarda notte, va al palazzo del nulla.

Del trionfato ciel sopra la volta

Già sventolava da mill'anni il segno

Redentor di Lucifero. Pei vasti

Adamantini portici solenni

Della reggia immortal suonava ancora,

Terrib ilmente pauroso, l'inno

Dell'immensa vittoria; ancor sul nome

Del cattolico Iddio scherni possenti

Avventavano i demoni, giocondi

Abitatori di lassù. La terra

Più templi non avea; salmi e preghiere

Per l'äer lento non salian siccome

Spire di fumo di annerita gola

Di operaoso camin, quando ai capaci

Paiuoli sottopon aride foglie

Di sacra quercia e ben spaccati tronchi

La vigile massaia e il fuoco induce,

Mentre dai campi coi sudati arnesi

Riede il colono e da lontano odora

Avido l'aglio della sua minestra.

Non più samli né preci. Le mortali

Menti non incombea sinistramente

Fra tuoni e lampi il pavido terrore

Di onnipossente forza. Era la legge

Inspiratrice di ogni cor. Vestito

Della luce del Ver spuntava il sole

Dai sorrisi orizzonti e il precedea,

Insieme all'Alba e alla rosata Aurora,

Stuol di gioconde deità; la Pace

Dal niveo peplo abbandonato ai venti:

La timida Innocenza il crin ricinto

Di candidetti gigli e di odorosi

Mughetti che cadean siccome pioggia

Di fatue stelle se del caldo agosto

Le notti incende con celesti razzi.

E veniva con lor la sospirata

Pronuba Dea che di fecondi amplessi

Letifica le genti e all'obbliato

Indissolubil nodo i naturali

Connubbii contrappone e i corpi unisce,

Sol che l'istinto abbia legati i cuori.

Così fioria sull'universa terra

Non interrotta primavera. Un alito

Profumato correa di plaga in plaga;

E dai campi, dal mar, dagli azzurrini

Spazii del cielo un'armonia filava

Continua, dolcissima siccome

Concerto d'invisibili strumenti.

Incredula ridea l'umana stirpe

Allor che udiva rammentar procelle

Sulla terra e sull'onda, e vasti orrori

Di naufragi; o rabidi vulcani

Lancianti, come sputi, al ciel le ardenti

Pomici e l'infocata solforosa

Lava delle lor viscere, sepolcro

Di popolose cittadine mura;

O arenosi deserti immensurati

Che, pari all'ocean, sconvoltamente

Mescean la soffocante onda, fatale

All'arabo mercante e al suo gibboso

Compagno; o furibondi urti di arcane

Forze terrestri che scoteano i monti

Come lapilli, le cittadi e i regni

Di morti seminando e di ruine.

Tutto sogno parea, tutto una fola

Surta nel vaneggiar di mente inferma

Quanto di male producea la dira

Possa del Nume che il fatal conquise

Brando del gran Lucifero. Perduti

Nell'umano linguaggio eran perfino

I motti di dolor, d'odio, di pianto,

Di vendetta, di colpa. Un accigliato

Rovistator di muffidi papiri

Si affannava talor d'indovinarne

Il dubbio senso e con novelli in-foglio

Accalcava le vostre assi, o silenti

Scaffali, preparando un erudito

Letto alla polve e pascoli indigesti

Alle tignuole vindici.

Confusi

Erano insomma paradiso e terra

In un aspetto d'ineffabil gioia;

E impossibil parea che l'infinita

Felicità dell'universo alcuno

Nascosto germe nutricar potesse

Apportator di lagrimosi lutti.

E non la terra ahimè ma la più pura

Parte del cielo l'accogliea! Ma visto

L'avea più volte la sublime reggia

Del Rubelle santissimo adaggiarsi

A piè del trono, sfolgorante il petto

Di preziose invidiate insegne,

Onor dei forti che, tremendo ardire!

Sfidar la larva dell'Eterno e al mondo

Aperser l'êra che non ebbe un Dio!

Ma che non puote ambizion se infiamma

Petto celeste?

E canterò l'estrema

Epopea delle genti. E sulla sacra

Cetra di Omero, con novelle armata

Possenti corde dal chiomato figlio

Dell'Etna, tenterò liberi suoni.

Batterò sull'incude epica, dove

I suoi strali foggiò la catanese

Satanica Callïope i minori

Umili canti miei, propiziando

Con sacro rito all'immortal poeta,

Onde dell'ombra sua qualche a me scenda

Debole raggio che sariami eterno

Nimbo fulgente sulla giovin testa.

In pace lascerò voi, del flebeo

Harem custodi; d'inveir coi morti

Non si piace la Musa. Ancor di troppo

Onor vi fece immeritato segno

Il cantor di Lucifero. Perdura

Sempre negli echi della terra il fischio

Dell'apollineo suo staffil stridente

Sulle natiche sozze e sulle guancie

Incartapecorite ond'era un giorno

Funestato il gentil campo dell'Arte,

Noiosissimo gregge. Or basta l'eco

Del cadenzato con maestra vice

Suo sciolto endecasillabo al disprezzo

Della vostra memoria! E chi ricorda

I tuoi bavosi, puzzolenti erutti.

Sagrestano Aristarco, allor che bello

Della sua eterna gioventù, sdegnoso

Del fiorentin rifiuto (l'aere intorno

Corruscava di lampi e le narici

Un acre accarezzava odor di zolfo)

Posossi in cima alla slanciata guglia

Della mediolana ardita mole

Lucifero e si fè scanno la testa

Bronzea di lei che diede al mondo un Dio?

Tu invan strillasti mal pasciuta turba

Che nella gora delle tue gazzette

Gracidi le babeliche bestemmie

Quotidian di sciocchi arido cibo.

Ei venne, vide, vinse! Esterrefatta
Corse la folla dei credenti all'are,
E sulla spenta larva del suo Dio
(Più che dal ferro del ribelle eterno
Dal fiero verso catanese uccisa)
Ululati gettò qual se l'estrema
Notte incombesse sulla terra. Intanto
Alle vetrine ove d'impresse carte
L'almo tesoro si ministra, un'altra
Folla plaudente s'accalcava; e quando,
Deposto il prezzo delle quattro lire
Sulla mano venal del bibliopola,
La gente si partia grave del pondo
Della novella Apocalisse, gli occhi
Spremeano stille di contento e il core
Superbamente le gonfiava in petto.

Fuggiano allora come stuol di corvi
Malaurosi, crocidanti i vili
Cantastorie di Armando e di Maria,
E quei che primo balbettò scomposte
Strofe al ribelle Satana (carboni
Già del rapisardèo fuoco alla vampa
Mutati in limpidissimi diamanti)
E quanti in riva dell'Olona, al verso
Che rilutta impotenti, in sulle carte
Versano d'immoral prosa il veleno
Alle caste donzelle ed alle spose;
Tutti sparir. Così nel greve autunno
Sui campi e i colli pampinosi scende

La mattiniera nebbia e sotto il manto

Umido dei suo fumo il caro involve

Sembiante di natura. Il sole intanto

Sferza i nitrenti suoi destrieri al balzo

Orientale e sciogliesi repente

Il vel funesto, i vapori disperdonsi

Di qua di là e pell'äer dileguano;

E sui prati, sui colli, sopra i tetti

Ospitali, sui laghi il suo fecondo

Raggio saetta sorridendo Febo.

Havvi nel cielo una remota parte

Ove di mille gigantesche piante

Si protendono i rami. Un sacro orrore

Accolgon le sinistre ombre e il silenzio.

Coi suoi piedi di feltro e la severa

Dell'indice falange sulle pavide

Labbra composta, vagola sottesso

I curvi rami e perdesi fra i cupi

Meandri dove non penetra il sole.

Orma di belva non calcò le foglie

Che lentamente dai maturi rami

Spiccò l'Autunno di sua man, tesoro

Di lieti ingrassi pel vegnente aprile;

Nè tra le frondi di canoro augello

Mai non udissi la volubil nota,

Come allorquando del tepente maggio

Molce le notti Filomena e piange.

Qui, ròso il petto dalla edace cura

E maturando la superba impresa

Nell'inscrutabil mente, allor che il sole

Feria la selva coll'occiduo raggio

Venir soleva Belzebù, fuggendo

D'ogni altro spirto il sodalizio. E quivi

Ne venne allor che romoroso il cielo

Festeggiava il millennio in cui le soglie

Del Paradiso, mal vietate, incesse

Lucifero e nel sen della gran Larva

La vindice confisse ardita lama

Che il tiranno del ciel spense per sempre.

Eccheggiavan da lungi i di piropo

Portici fiammeggianti all'alte grida

Di gioia, agl'inni, alle fanfare: un vasto

Incendio di doppieri era la reggia,

Un trionfo di musiche e di danze

Volteggiate sui piè rapidi, come

Gorgo marino dove latra Scilla

Ed insidia Cariddi. E tal per tutta

L'immensità dei cieli era il tumulto

Della memore festa e in tutti i cuori

Tanta la gioia, che recenti avresti

La vittoria creduta, e i superati

Perigli, e il dubbio, per la sua grandezza,

Dello stesso trionfo. Avea sembianza

Il ciel di non mai visto immensurato

Industre formicaio allor che versasi,

Versasi degl'insetti il nero esercito

E si fiuta, si mesce, e fitto brulica

Al sol di luglio, e vuota i sotterranei

Covi, e le larve attanagliate provvido

Reca all'aperto e ferve attorno l'opera.

Raccolte l'ali di una quercia al sommo

Che dell'annosa sua cervice estolle

Su di ogn'altra l'onor, sdegnosamente

Fissava i lampeggianti occhi Belzèbo

Sulla reggia lontana e dal commosso

Petto, sfrenando alla parola il volo,

In questi accenti prorompea:

- Trionfa.

O incontrastato vincitor di larve.

Non men risibil dell'eroe perenne

D'otri nemico e di mulini! È questa

La tua vantata libertà di spirto?

La tua redenzion? Questa di tanti

Sforzi la meta? E liberar le genti

Di una gran Larva dovevam per farle

Adoratrici di più vana cosa?

Incedi pettoruto e l'imperiale

Coda del manto dietro te trascina,

Mentre le file dei plaudenti schiavi

Inarcano le docili agl'inchini

Vertebri e fanno sul tremante petto

Croce le braccia, come un dì le schiere

Dei chèrubi e dei santi al cuspidato

Padre eterno solean! Trionfa ancora,

Facile vincitor di donnicciuole,

Se pur la fama che ti diè di tanto

Seduttor rinomanza assurda figlia

Non fu d'invisa alle celesti suore

Mente mortal! Ma verrà dì (presaga

Mi si agita nel cor la visïone)

Verrà dì che dal tuo scanno usurpato

Ti lancerà pel vuoto aëre un nume

Più possente di te, l'almo, il tremendo,

Il glorioso, ineluttabil Nulla! -

Tacque ciò detto e tremolavan gli occhi

Di amarissime stille e tutte assorte

Nel remoto futuro eran le posse

Di quell'anima torva.

Entro la reggia

Di Lucifero intanto al gran banchetto

I celesti sedean. Fumanti dapi

Dalle fonde cucine ad ora ad ora

Recavano i minor demoni, e fiumi

Versavan altri di spumanti vini

Entro i calici d'oro. Era un tumulto,

Un'orgia indescrivibile; e le mura

Ne tremavano e i tetti. Alfin dall'alto

Del suo trono divin (quel che fu un giorno,

O semitica Larva, il tuo sgabello)

Lucifero fè cenno, e l'ampia sala

(Ampia così che armato occhio non giunge

Lo spazio a misurarne) in trepidante

Silenzio si ridusse. Egli i superbi

Girò sguardi di sol sulla stipata

Gente, e rivolto al suo cantor che a destra,

A piè del trono gli sedea,

- C'intuona,

Disse, qualcuno dei tuoi canti. -

Plauso

Fè allor la turba degli spirti al divo,

Solenne invito, e sui rizzati scanni

Con avida premura si compose.

Assunto era da secoli alle stelle

Il cantor di Lucifero e il sonante

Verso mescea talvolta all'infinita

Armonia delle cose, unico inganno

Della incresciosa, irremissibil noia

Ond'era afflitto il suo Signor. La fronte

Rizzò con fiero atteggiamento e gli ampi

Occhi fissando per l'immenso vano,

Accarezzò con man dotta la chioma

Nero-fluente pel suo cigneo collo.

Più volte delle sue dita gentili

Pettin facendo alle invadenti ciocche,

Indi argine l'orecchio. Tormentosa

Correa la destra intanto all'arcuato

Onor del labbro e le affilate punte

Ne attorcigliava con solenne gesto.

Poi come al varco delle labbra imposti

Furon gli estremi delle dita e il breve

Triplice scoppio di sua tosse uscì,

Dal picciol petto che il febeo consunse

Terribil foco gorgogliante l'onda

Dell'epico suo carme si devolse.

E cantò come dai profondi abissi,

Alle vampe sfuggito ed al bitume,

Levasse il pellegrin volo alla vetta

Del Caucaso l'Eroe, fremente l'alma

Di umanitario amor, lieta giurando

Vendetta all'uomo dei patiti oltraggi:

E come di lassù, auspice l'antico

Crocifisso di Giove, all'alta impresa

Movesse e come ne tremasse il cielo

Presago ornai di sua rovina . Oh sante

Aure di Tempe, ove l'eroe concesse

Al fren d'Amore il suo libero spirto,

Volente sottomesso, e in braccio ad Ebe

I primi assaporò palpiti arcani

Della creta novella! Oh tempestosi

Gorghi, ove fiero del pietoso pondo

Della bella Isolina in aspra lotta

Lucifero sen stiè di contro al fato,

E fu maggior del fato e di sè stesso!

Oh terribile strazio, allor che tutta

La teutonia gente i memorandi

Oltraggi di Torgravia e di Rosbacco

Vendicò sul gentil suolo di Francia:

E fer più allegra la vendetta il diro

Incendio, e la Licenza attorta il crine

D'aspidi sozzi, e la fraterna strage

Gavazzante in Lutezia! Inorridito

Sen fugge il canto dell'Eroe sull'orme.

Che le tue salutando infami sponde

Pei roghi antichi e pel recente sangue,

O giallo Manzanar, creduto al dorso

Dell'ignifero pin, vola anelante

Del vergin mondo di Colombo ai lidi.

Fior fior del labbro si dipinse agli almi

Celesti un riso quando udir l'arguta

Disputa dell'Eroe col darviniano

Pratoplaste dell'uomo, e palma a palma

Picchiar per tanto di febea potenza

Nitor che vide impallidir gli allori

Dell'Alighieri e del Cantor d'Orlando.

Poi gelido per gli arti il terror corse

Alla diva assemblea quando, maggiori

Cose toccando, lor dipinse il verso

Del giaguaro la lotta e dell'Eroe;

Tremenda lotta, che per l'ampia selva

Attonite già fè le testimoni

Arbori gigantesche e sordi gli echi!

E quando stretta colla bronzea destra

L'aperta canna della belva, al core

Tutta chiamando la riposta rabbia,

Il favoloso Eroe nel cieco abisso

Come lapillo la gettò rugghiando.

Furor novello d'incessanti applausi

Risuonò da ogni banda: così suole

Per le elvetiche rupi inviolate

Ratto scoppiar delle valanghe il tuono.

Ma a Te non meno che all'Eroe saliva

Il plauso, a Te, che in non mai tocche sponde

Dell'epico universo il piè posasti;

E immensi schiusi continenti all'Arte,

Altra corona non chiedesti al cielo

Fuor che la fronda dall'industre e pia

Man dell'amore al capo tuo contesta.

Ben oltre il mezzo di suo corso spinto

Già dell'umida Notte erasi il carro,

Eocciduo volgevasi degli astri

Il seguace splendor; quando la selva

Lasciando Belzebù, cauto per muti

Ravvolgimenti torse il piè. Sul fronte

Sinistro gli ghignava il maledetto

Pensier del tradimento, e dalle nari

Il feroce soffiava alito e il puzzo

Che del pravo suo cor rendeano imago.

Così protetto dal notturno orrore

La cieca soglia penetrò del Nulla.

Fine del Canto I.